U0692088

王旭烽 著

断桥残雪

浙江文艺出版社
Zhejiang Literature & Art Publishing House

图书在版编目（CIP）数据

断桥残雪 / 王旭烽著 . —杭州 : 浙江文艺出版社,
2024.6
　　ISBN 978-7-5339-7547-0

　　Ⅰ.①断… Ⅱ.①王… Ⅲ.①中篇小说—中国—当代
Ⅳ.①I247.5

　　中国国家版本馆 CIP 数据核字（2024）第 059722 号

策划统筹 王晓乐		**版式设计** 徐然然	
责任编辑 张恩惠　许龚燕		**营销编辑** 张恩惠　詹雯婷	
责任校对 萧　燕		**数字编辑** 姜梦冉　诸婧琦	
责任印制 吴春娟			

断桥残雪

王旭烽　著

出版	浙江文艺出版社
地址	杭州市环城北路 177 号
邮编	310006
电话	0571-85176953（总编办）
	0571-85152727（市场部）
制版	浙江新华图文制作有限公司
印刷	浙江新华印刷技术有限公司
开本	889 毫米×1260 毫米　1/64
字数	48 千字
印张	2.5
版次	2024 年 6 月第 1 版
印次	2024 年 6 月第 1 次印刷
书号	ISBN 978-7-5339-7547-0
定价	29.80 元

版权所有　侵权必究

断桥残雪　二我轩照相馆　摄于1911年

写在前面

1995年，我在浙江省文联工作，地点离西湖断桥很近。闻说断桥要断，赶去看时发现人群多挤在桥边担心，就想：断桥若真断了，许仙和白娘子怎么相会呢？因此触发了"西湖十景"第一部小说《断桥残雪》的创作动机。以后一年一部中篇，在双月刊文学杂志上发表，七部以后，开始两年一部，十三年后终于全部完成。

首先，这十部小说是十个爱情故事，红男

绿女，芳魂缭绕——《白蛇传》《梁祝》《李慧娘》，本来在西湖边发生的故事几乎就都是关于爱情的；其次，我企图在每部小说背后呈现一个杭州的文化符号，是看得见、摸得着的人文载体，比如荷花、古琴、金鱼、经卷、景观、花叶、印刻、书法、美术、工艺、戏剧等。最后，仅仅有文化事象不行，还要有哲理思考。比如《断桥残雪》里有关等待的意义；《平湖秋月》中当代社会精神与物质世界的审美对立，等等，它们通过十景中的意境一一传递。比如《三潭印月》，只有当你看出圆月是一滴饱满的、金黄色的、温暖的眼泪时，你的西湖边的人性解读方告开始。

十多年过去，小说曾经在高校成为线下课

程，也成为线上网课，被制成录像，也曾录成音频，拍成电影，成为行为艺术、实验文本。小说曾经作为整部形态问世，后又作为分册出版。我的朋友，曾任《江南》杂志主编的袁敏，作为被出版界盛赞的金牌编辑，提出这十部中篇应该构成分册型的整体，小巧而精致，知性且优雅，对她的观点我深以为然，且将其作为"西湖梦想"之一。

浙江文艺出版社的青年姑娘编辑们，终于编撰完成了一串美丽花环般的文字。果然就是部梦想读物，仿佛轻奢的生活艺术品，封面，册页背后、底下、上面及周边的无形与有形的文字花朵，如湖边的二月兰一般，突然就绕着故事草长莺飞，喧哗起来。于是，这些书册读物藤蔓一般地延展开去，小精灵一样地从书房间、地铁里、休闲吧中探出头来，参与着今天的杭州往事、西湖传说。

从故事里叠出故事的"西湖十景"，让我恍惚地想：她究竟是我写的故事，还是从我写的故事里生出来的故事呢……

王旭烽　2024 年 4 月 28 日

目　录

断桥残雪

1.断桥

　　早春的傍晚，我向断桥走去。

　　黛色已侵入它石垒的肌肤，西湖稠浓黑绿，躺在它身下。远远地，也能望到它半睁着不安的眼睛，身上那些来去穿梭的人们，像是它不停抖动的睫毛，哑语般告知人间它处在危急关头的焦灼。

宝石山保俶塔　［日］亚细亚大观写真社编
摄于 1928 年——1932 年间

右面的北山街，宝石山巨大的坟状山石，一堆堆正在交头接耳——这群据说是被阳光镇压成顽石的妖怪，黑郁阴森地衬在断桥背后，它们终究是无可奈何的。至于保俶塔，则犹如一把刺破青天的薄剑，正严厉监视着身下群小。

天空显然被这剑拔弩张的形势所惊吓，浓暮笼罩之前它紧张得面色苍白。那瞬间，我看见断桥向我使了个眼色，心骤然一动，仿佛接通了暗号：我举起手里的新闻，该问谁——断桥，真的要断了吗？

《断桥，真的要断了》一文，发表在一九九五年一月二十八日的《浙江日报·周末文荟》上。文章对可能导致断桥断裂的三条裂缝作了详细报道，据说最长的一道裂缝，竟有四米多。

杭儿风

外方人嘲杭人，则曰杭州风，盖杭俗浮诞，轻誉而苟毁，道听途说，无复裁量。如某所有异物，某家有怪事，某人有丑行，一人倡之，百人和之，身质其疑，皎若目睹，譬之风焉，起无头而过无影，不可踪迹。故谚云：杭州风，会撮空，好和歹，立一宗。又云：杭州风，一把葱，花簇簇，里头空。

〔明〕田汝成　西湖游览志余

这不免引起对诸如"城南旧事"之类往事有探寻癖好的我的强烈兴趣。我的工作单位恰恰就在离断桥不远的六公园附近，而我的职业又恰恰与搜寻种种奇闻逸事有着紧密关系。简言之，我算是一位写故事的人。多年的职业熏陶，养成了我对一切传说掌故、奇门遁甲之术与怪力乱神现象的本能敏感。像"断桥将断"这样的事件，我是绝对不会放过的。

"杭儿风，一蓬葱；花簇簇，里头空。"杭谚一直就有这句俚语，好在这次倒貌似不空了，我和一群与我有着同样心情的人在断桥边相遇。

话说"断桥将断"这一消息公布以来，断桥一时游人如云，他们从各个角度争看抢拍着断桥的裂痕，其热情犹如集邮迷搜集珍藏错印

断桥不断

西湖三绝之一。断桥位于白堤东端，背靠宝石山，是外湖和北里湖的分水处。

断桥其实不「断」，它的得名有几种说法：一是因孤山的来路至此中断，平湖秋月行至白堤到此而止；一是冬季雪后，积雪盖满亭子和桥的两头，远远望去像是中断了一般。

的邮票。这群突然冒出来的断桥迷们对断桥的来龙去脉作了种种讨论。一位老先生引经据典："断桥本来应该是叫段家桥的，元朝诗人钱思复在他的《西湖竹枝词》中，就有'阿姊住近段家桥'之句。"一位像煞诗人的文青则不以为然，说："我看还是'短桥'才确凿。你们看，对面西湖南岸不是有座长桥吗，因而民谣才有'长桥月，短桥月'之说。短桥者，今断桥也。"

诗人和老先生的考据，都不能得到一位由老干部转而研究地方史的业余方志专家的首肯。他手里举着明代田汝成所著的《西湖游览志》，且背且曰："断桥，本名宝祐桥，自唐时起呼断桥。盖因孤山之路，至此而断，故以名之。这可是有文献可查的。断桥开始也不过是石级桥，

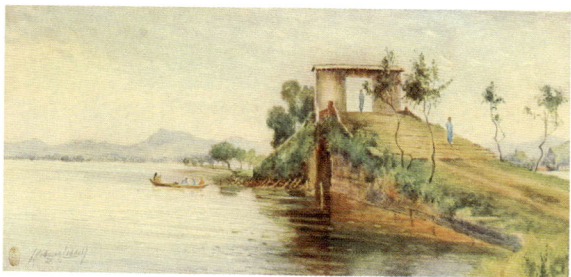

［英］李通和　帝国丽影　断桥

桥上还有凉亭，一直到民国，一九二一年了，白堤要通车，才建成此座桥。啊……这位女士，你在看什么资料，你认为你的断桥是什么样的？"

此时我正坐在桥边石凳上，翻阅那本由萧欣桥先生选注的《西湖古代白话小说选》，在第222页上我读到了选于《警世通言》的南宋话本故事《白娘子永镇雷峰塔》。我的本意是想找点梅兰芳们演为经典的《断桥相会》的影子。谁知这个歌颂法海批判许宣污蔑白娘子的故事看了实在叫我没脾气，故而我也没有心情再去考察断桥来历了。我淡漠地回答："断也罢，段也罢，短也罢，对我来说都无所谓。"

众人热情高涨，显然对我的态度不甚满意，

语丝

第十五期

一九二五年二月廿三日 第一版

論雷峰塔的倒掉

鲁迅

聽說，杭州西湖上的雷峰塔倒掉了，聽說而已，我沒有親見。但我卻見過未倒的雷峰塔，破破爛爛的映掩於湖光山色之間，落山的太陽照著這些四近的地方，就是「雷峰夕照」，西湖十景之一。「雷峰夕照」的真景我也見過，並不見佳，我以為。

然而一切西湖勝跡的名目之中，我知道得最早的卻是這雷峰塔。我的祖母曾經對我說，白蛇娘娘就被壓在這塔底下！有個叫做許仙的人救了兩條蛇，一青一白，後來白蛇便化作女人來報恩，嫁給許仙了；青蛇化作丫鬟，也跟著。一個和尚，法海禪師，得道的禪師，偶然遇見許仙，看他臉上有妖氣，——凡討妖怪的老婆的人臉上有妖氣的，但只有這種人才看得出——便將他藏在金山寺的法座後，白蛇娘娘來尋夫，於是就「水滿金山」。我的祖母講起來還要有趣得多，大約是出於一部彈詞叫做《義妖傳》裡的，但我沒有看過這部書，所以也不知道「許仙」「法海」究竟是否這樣寫。總之，白蛇娘娘終於中了法海的計策，被裝在一個小小的鉢盂裡了。鉢盂埋在地裡，上面還造起一座鎮壓的塔來，這就是雷峰塔。此後似乎

再論雷峰塔的倒掉

鲁迅

從徐吟軒先生的通信（二月二十三日分京報副刊）裡，知道他在杭州看見雷峰塔倒塌前的遺跡，並且述到那倒塌的原因，是因為鄉下人迷信那塔磚放在自己的家中，便可以平安，如意，所以偷偷的去挖一塊又挖一塊，日積月累，終於倒塌了的原因。於是這不幸的倒掉，不但是偶然的倒掉，實在和我的預料，也正是相反的，——雷峰塔倒掉，一變而為可惜的事了呵！

聽說，中國的外省人，往往來南北平買鉢得了古磚，——我沒有問他特別有無緣故，想來大抵是因古而可貴，——可知「十景病」還未醫好，似乎「八景病」就又侵入膏肓了。這景那景，大概是「十」字形罕見，然而這些「景」，「山水明瑟」，雷峰寺僧

柳如是手跡湯若水之類品，如「村村明月」，「夜夜江聲」，而尤以「八八大數」者，面且，「十」字形竟與亡國病相似乎？下了

「自始至於水」之類品，洗浴身，身分努力病竟，似乎古時便有，豈曰「一」形竟暗示亡國病前乎？下了

便七嘴八舌地问我，说既然对断桥无所谓，还跑来盯着断桥干什么？我说："我是担心着桥上的人呀。你们想，真要没有断桥，许仙到哪里去借伞给白娘子呢？"

众人都笑了，说："写故事的人到底不一样，总要问得萝卜不生根。看来你是要在这里千年等一回，见了白娘子才算放心呢。"

"那也不是笑话。你看这南宋的话本都说了，雷峰塔倒，白蛇出世。要不，鲁迅先生一论二论雷峰塔倒还有什么意思？"

"我们说的是断桥，你怎么扯到雷峰塔上去了？"众人且笑我，纷纷翻过断桥，向着万家灯火去也。众人的轻松愉快却使我忧伤。我想告诉他们，站在断桥边思考雷峰塔是很正常的。

这对势不两立的天敌，一个在七十年前颓然而倒，另一个则在七十年后摇摇欲坠，这正是大有深意的所在。

就在我站在杨柳刚刚爆出嫩芽的白堤上独自徘徊时，一位玄衣玄裤的老人翻过桥头，他白发长髯，手拄一把纸伞，在暮色苍茫之中蹒跚而来。他径直走到我的身旁，古怪地看着我，用标准的杭州口音问我："姑娘，你还在等待吗？"

2.许宣

　　现在我要说到那位古老的老人了。说他古老，并不仅仅因为他白发苍苍，年达耄耋。注意，我在此使用的"古老"和"永恒"一词唇齿相依。我在这位老人脸上看到的，恰是一种看不到岁月痕迹的气韵，仿佛他是从不知唐宋元明清的哪一条时代长堤中走来一般。

[清]佚名　刺绣西湖图册　断桥残雪

这样一位玄衣玄裤的老人，手持纸伞，忧心忡忡地注视着我，询问我关于"等待"的消息，使我顿生恍惚之心。其实我自己也不能说清，来断桥，我究竟要做什么。如果说我是在等待，我也说不清楚在等待什么。可是老人脸上那种带着凄婉和企盼的神情，使我难以回答"不"字，我只能含含糊糊地反问他："老先生您也在等待吗?"

老先生黯淡的眼神火苗般蹦跳了一下，迫不及待地点头："是的是的，我一直在等，我一直在等，一直是我一个人在等，直到一个星期前你出现了。我已经……观察你七天了。"

老人勾起食指，凑到我眼前。他的激动带有回光返照的奇怪神色，使我顿生疑异。我竟

断桥　[美]本杰明·马尔智　摄于1925年

然已经在断桥边站了七天了？这使我太摸不着头脑了，忍不住说："老人家，冒昧相问，您在此等候有多久了？"

老人侧着脑袋皱起眉头想了一下说："有六十五年了吧。"

我不敢相信自己听到的是清醒者的回答，心想，看来我是遇见一位老年妄想症患者了。为了证实此推论，我又问："老先生您在等谁？"

"小白啊。"他肯定地说，口气中还有一种惊讶我怎么连小白都不知道的意思。

"小白是谁？"这下我真的有些被搞糊涂了。

"小白啊，我内人。被海师长抢走的，又被小青救下来的。怎么你连小白也不知道了？当年杭州城里没有人不知道小白的！你知道她都干了些什么?"

老人拄着那把古老的纸伞,上半个身体的分量都压在了纸伞上。纸伞的顶端压进了泥中,老人头上的桃树枝丫和柳条在暮气中抖动着,使我目光迷离。我不知道现在看见的断桥和断桥边的老人究竟是真实,还是虚幻。

为了打破眼前这种过于虚妄的对话,我用较为生分的口气回答说:"我不知道您那个小白都干了些什么,难道她会去杀人不成!"

老人身体一直,连眼睛都发直了,举起手中的纸伞对着我说:"你也知道?你也知道她杀了海师长!她是为小青报仇啊!海师长枪毙了小青……当年杭州城里没有人不知道小白的!"

我看着浓暮中老人手中的那把纸伞,它只

可能诞生在同样是杭州人的戴望舒写《雨巷》的那个时代……我的心刹那间弹跳起来，紧盯着老人这张看不出年代的面容问："老先生，您姓许吗？"

老先生看着我，雨伞垂了下来，表情变得又欣慰又无奈。他喃喃自语道："果然不出所料，她连我姓什么也知道了……"

"我还知道您叫许宣！"我斩钉截铁地说，"你在药店当小职员！您还把这把伞借给了小白和小青……"

老人拄着纸伞坐在湖边靠椅上，头垂了下去，借此平复他起伏的胸膛。很久，他才望着湖面对我说："小白给我留下过一句话：断桥不断，恩情不绝。我为这句话在这断桥头等了一辈子。我孤苦伶仃，心事无人知晓，没有人相信我说的事情。我的后代甚至不承认他们的先辈中有个叫小白的女人，或者他们虽然无可奈何地承认了，但又异口同声说小白已必死无疑，我在这里把自己给等死了也是白搭。唉，我老了，既害怕还没等到小白我就将死去，又担心我活着时眼看着断桥断裂。何况人们告诉我，断桥果然就有可能要断呢！这可怎么得了啊，年轻人，这可怎么得了啊！我要死了，桥又要断了，这可怎么得了啊……"

在苍茫暮色的早春湖畔，我看到老人如此浓郁的忧伤，凝聚在他瘦高的身形上，披挂不住，又长长地流了下来，淌入西湖，结成湖上化也化不开的无尽夜色。我这副世纪末的铁石心肝，竟也被许宣老人的一席话渲染得愁肠百结，潸然泪下了。

我挨着老人坐下。想，除了当个听客，让老人一吐为快，我还能有什么其他的良策呢？我的行为显然契合许宣老人的内在需求，想他在这湖畔桥头等了一辈子，积了多少话要倾诉，寻寻觅觅也不曾找到一个，总算因为"断桥将断"这一契机，得到了一个听者。我也不敢说是他的知音，只是得了机会与他对话，又将他的叙述记录下来罢了。坦率地说，许宣以及他后来提到的小白、小青乃至海师长，才是《断桥残雪》这则故事的真正主角呢。

闲话少说，言归正传。

3. 雷峰塔

年轻人，我得告诉你，举凡大小事情发生，事先总有预兆。对我的这一生来说，预兆恰是从一座塔的倾塌开始的。

那年初秋，我弱冠年纪，二十出头，正在方回春堂药店养鹿场当伙计。鹿场养的关鹿是专门用来配制大补全鹿丸和鹿角胶的。每逢宰鹿之期，提早一天，伙计要披红结彩，挂牌通告。第二日又要鸣锣打鼓，将鹿从后门抬出，沿街游走一圈，吸引杭人观看，再从前门抬回店内，当场用绳索将鹿缢死。这样精血贯通全体，方可配制成药。

当年药店老板见我生得齐整，喉咙又响，抬鹿上街，便让我做了鸣锣开道之人。

我记得，那年入秋了，九月吧，杭州最透气的日子来了。卢永祥和齐燮元的军队正打得火热，可巧药店又要宰鹿了。老板胆子大，说他们军阀打他们的仗，我们生意人做我们的生意；再说也不见得就那么巧，一定会让我们碰上当兵的。把鹿抬出去，杭州人都看着我们方

胡庆余堂

从南宋到明清,清河坊一带形成了一条药铺长廊,如南宋的保和堂,明朝的朱养心膏药店,晚清的"六大家"胡庆余堂、叶种德堂、方回春堂等。

回春堂的脸面呢。

就这样，我手里敲着锣，胳肢窝下还夹了把雨伞。喏，就是这把伞。那一日天气闷热，像是要下雨的样子。我们抬着鹿，就来到了湖滨。

好巧不巧，齐燮元的军队就在那一日打进了杭州城。

我的小白，就是那一日，在南星桥被齐燮元部下抢走的，是土匪收编的海师长。他让他的手下把小白塞进一只麻袋，横架在马上。小白一路挣扎，到湖滨竟让她挣出一张被白布塞住了嘴巴的脸来。

我是个老实本分的规矩人，胆子也不大，平时看到女人，话还没说，脸就要红的，也不晓得那一日我怎么会有那么大的胆量。说实话，海师长的马队开始从我们身边走过时，并没有在意我们，倒是小白仰捆在马背上，朝我瞥了一眼，我的胳膊一松，雨伞就掉落在地上了。

年轻人，你相不相信，就那么瞥了一眼，我这一生一世就交给了她。我想都没想，咣当一声就扔了镗锣，上前一把拉住了海师长的马的缰绳。当时我并不晓得这个黑乎乎的大胖子是要抢了小白去当九姨太的。我只是估摸着这个一脸横肉的歪戴帽子的胖子是个头儿，我就拉住了那匹枣红马的缰绳。我说："长官，你放了她吧！"

海师长拿马鞭子顶了顶他头上的帽子，蛮有兴趣地问我："你凭什么要让我放了她?"

我朝小白看了一眼，她的眼神像垂死的鹿的眼神，我的心碎掉了，就好像多少次轮回之前，我就与她有过缘分一样。可是这份前缘又哪里是说得出来的？所以我只好翻来覆去说："长官你放了她……"

海师长笑嘻嘻地说："我得着她，可费了一番劲呢，你拿什么换她?"

我回过头来看看，我就看到那只鹿了。二话不说，一把就扛起那头鹿，周围几个抬鹿的伙计拉住我就叫："许宣你疯了，这是老板的鹿!"

我说："我拿鹿换人了，是人!"

我把鹿扛到海师长身边。海师长拿他那只戴着大金戒指的黑胖手摸着鹿毛，说："好肥的

[宋]叶肖岩　西湖十景图册　断桥残雪

鹿！好肥的鹿！"

他让部下把鹿收了。我对还捆在那里的小白说："姑娘你别急，我这就给你解绳子！"

我的手还没碰到绳子，肩膀上就是一阵暴雨一般的鞭子抽打。海师长一边抽着一边叫着："我叫你换人！我叫你换人！我叫你换人！"

海师长抽人肯定是抽惯了的，我被他几鞭子就抽得眼冒金星，耳朵嗡嗡直响，说不出话来。海师长咆哮着让部下把我和鹿都绑在一块儿带回去。你得知道，这一下我的命就和这只鹿的下场一样了。如果没有小青，我和小白当时就完了。

我忍不住插话问道："小青我晓得的，武艺高强的。不过这样兵荒马乱的时候，一个女人竟能救下你们这一对，你嘴里的小青是个什么样的人物，她怎么会有那么大的能力？"

老人说："年轻人，你一定得相信那些与众不同的人，他们就像是通了灵似的活着。他们支配着周围的一切。人们看到他们，天生的就有着一种敬仰或者收敛，海师长看到小青时也是这样。

小青当时不过是齐燮元军部的一名机要秘书。可是她这样一个女孩子，身穿戎装，头戴军帽，脚蹬长靴，外披黑大氅，身跨一匹白马，飞奔而来，递送电传军情，竟让人以为此乃天上人了呢。

我永远忘不了小青那两排明晃晃的皓齿。她一手勒着缰绳一手握着马鞭，指着海师长鼻尖，冷笑着说："怪不得军座纳闷，先遣部队怎么这会儿还没占了杭城。原来海师长正在强抢民女啊！都说海师长好色，老婆讨了八个，今日算是开了眼界。只是海师长若还想养得起那八房，便趁早放了这对男女，免得我回去如实禀报，弄得海师长明日就当不成师长，只得重新落草为寇，江湖上落个笑柄。你说呢？"

这么说着，她便来解开了我和小白身上的绳索，那土匪海师长被小青一顿冷嘲热讽，竟然目瞪口呆。原来他这么一个土匪，从来没有领教过小青这样的女人，她那颐指气使的架势倒像她不是军长的机要秘书，而是军长本人一样。总之海师长气得脸色发白，眼睁睁看着小青给我和小白两人松了绑。

好一会儿，海师长总算回过神，他终于又恢复了匪性，高高举起鞭子，大叫一声："你敢……"

他的这句话没有能够说完——上天不让他倒行逆施胡作非为。我想上天的确是发怒了，它轰隆隆地发出一声巨响。我们所有的人都不知道发生了什么事情，我们只是本能地朝湖上望去——

我的天哪……我的天……你想想看，雷峰塔竟然倒塌了！你想不出一座塔倒塌时声音有多响，它就一直震撼到你的心里头去了。一时间，尘埃遮蔽了整个西湖南岸，鸦雀惊飞，布满了整个湖天，碎砖四溅，不下万千。这种场面，只有传说中和书里头说到妖异或神怪出现时才会有。你不知道那时我心里头迷乱得有多厉害。如果我不是突然像是被什么东西击中了心口，我想我不会对当时的情形这样恍恍惚惚的。那一天的杭州人都被雷峰塔的倒塌震住了。这头军队开了进来，那头照样万人空巷，倾城而出，直冲夕照山去看热闹。不少人还拥到塔墟上寻那塔砖，回去砌到灶上，以祈神佑。连海师长这样的兵匪也按捺不住好奇心了。他挥着马鞭，指着我们，大吼一声："你们等着瞧!"然后，带着他的马弁们就直奔南山而去了。

老人说到这里，望着夜色中西湖对岸的南山。在黑暗中，南山此刻只显出一些若有若无的线脉，哪里还有訇然巨响鸦雀满天尘埃四起的一丝踪迹。每一次巨大的破裂的生活的伤口，

夕照山，又称雷峰、回峰、中峰。在西湖南缘，南与南屏山遥遥相望。海拔48米。由二叠系石灰岩构成。山上原有吴越王妃所建之雷峰塔，每当夕阳西照，景色绝佳，故称"雷峰夕照"，为"西湖十景"之一。山由此得名。北、东、西三面为西湖环抱，山东北麓有名园汪庄。

夕照山

总会被时光若无其事地藏匿，就像现在。但我能够做到不上时光之当，因为有许宣老人从时光深处走来，为我引路。于是我说："那一日下午，在您的印象中，必定是开始下起了小雨吧……"

"你……这你也知道？"老人惊异地看了我一眼，"许多人都说那一日烈日当空，并未下雨。但我清清楚楚地记得，天空飘起了毛毛雨，我还能回忆起雨丝落到我被鞭挞过的灼热的伤口上那份凉意……"

"是啊，我想那一日必定下雨。否则，您怎么会把这把雨伞借给小白和小青呢？"我继续推论道。

老人显然是因我正确的推论而深深激动了。在早春的湖畔，在夜晚，他的双眼明亮迷离，

颓 崩 之 塔

西湖胜迹雷峰塔之崩颓　东方杂志　1924年

像被这都市霓虹灯照耀得忽明忽暗的湖水。老人说:"是的。我几乎忘记所有的人是怎么离我而去的。我甚至忘记了那头鹿的存在,但我清清楚楚记得小白和小青向我致谢的样子。她们两人是多么的不一样啊。从一开始,她们两人就给了我完全不同的感觉。小青骑在马上像男人一样,向我作了个揖,小白却跪了下来,头重重地磕在地上。当她抬起头来时,雨珠缀满了头发,看上去她就像是一个戴着水晶冠盖的仙子。"

"您就是在这时候,把这把纸伞借给小白的吧?然后您看着小白穿着她那二十年代的月白色旗袍,一根大辫子蓬松凌乱挂在肩后,忧伤地垂落着颤动着,走进了杭州蛛丝一般的江南雨巷。当时您的心恍惚迷乱得更加厉害,就好像是有一个从未来过的灵魂钻进了您的身体，附在了您身上。突然，您看见小青的黑大氅扬过您的眼帘，白马的马蹄在青石板上踏出一串透明激烈的小水花。然后，您再看到侠女小青一欠身，小白纵身而起，跃上马背，她们两人几乎一眨眼就消失了，连带着您的这把纸伞……从此以后，一种格局就产生了：小青是您侠肝义胆的白天的朋友，而小白，则是您漫漫长夜的梦中之人。"

听完我的话，许宣老人面对浓得像哑谜一般的西湖，久久不发一言。最后他说："我累了。"

老人说他就住在官巷口一带，可以打的回去，不用我送。不过他再三关照我明日必定在此会合，不见不散。我自然一口答应。回到家

官巷口

官巷口指的是中山中路和解放路交叉口一带，曾是杭州最繁华的地段之一。官巷口附近原有一条「冠巷」，以卖帽为主，是御街的一部分。久而久之，「冠巷」就叫成了「官巷」。明嘉靖《仁和县志》记载：「百工技艺，蔬果鱼肉，百凡食用之物，皆于此处聚易，夜则燃灯秉烛以货，烧鹅煮羊，一应糖果面米市食。」

中，我连一口水都顾不上喝，就开始翻阅一九二四年九月间雷峰塔倒塌前后的大事记。我从《新编浙江百年大事记》一书中得知，一九二四年的确是江浙战事爆发的一年。八月二十九日，皖系军阀浙善后督办卢永祥发表谈话，谓苏如侵浙，破坏和平，将惟齐是问。而实质上，齐卢之战的背景，一乃直皖两系势不两立；二乃齐卢向有争夺上海地盘及鸦片税收之利害关系，和什么破不破坏和平根本无关。到九月三日，卢永祥以淞沪联军总司令名义全线动员，江浙战争正式爆发。十月十三日，卢永祥兵败下野，次日亡命日本。我又从阮毅成先生所著《三句不离本杭》中得知，一九二四年九月二十五日下午，雷峰塔倒塌时，恰值孙传芳军队到达江干进入杭州的时间。然后我再去查阅有关雷峰塔的资料，从中得知：雷峰塔始建于北宋太平兴国二年（公元977年），缘起钱俶为供奉佛螺髻发舍利，祈求国泰民安而为。明嘉靖年间倭寇来犯，烧了雷峰塔，仅留塔芯。我在一九二五年二月二日的《京报副刊》上查到了当时胡崇轩给孙伏园的通信，信上提到他在轮船上听到一位杭州人说："我们那里的乡下人差不多都有这样的迷信，说是能够把雷峰塔的砖拿一块放在家里必定平安，如意，无论什么凶事都能够化吉，所以一到雷峰塔去观瞻的乡下人，都要偷偷的把塔砖挖一块带家去……那么，久而久之，塔里的砖都挖空了，塔岂有不倒掉的道理？"

那一夜我通宵未眠，把手头有关西湖和杭州的资料都查了个遍。我几乎查到了许宣先生所提及的一切人事，甚至连许宣先生当年在清河坊的养鹿场也查到了。然而，什么小白、小青，什么海师长，什么你枪毙了我，我又杀了你这类人事，我却是一个字也没有读到。至于许宣其人其名，迄今为止，我只在那篇该死的《白娘子永镇雷峰塔》话本中见到，他倒也恰恰是在官巷口一带谋生居住的。我不由得想起昨夜老人所言雷峰塔倒时他的恍惚心境。"雷峰塔倒，白蛇出世。"这和小白小青骑马消失又有何关系？东方渐晓，万物清晰，我不禁怀疑我自己，莫非昨日断桥老人，实乃南柯一梦？什么小白小青，均为我梦中之人？

4. 香市

　　第二天傍晚我和许宣老人在断桥边会晤时，他看上去疲惫不堪，心事重重。他迫不及待地告诉我说："年轻人，我听说断桥没有人管了。园林部门说他们无权管理修复问题；交通部门说他们只管交通和限载，但夜晚很难管；市政工程处说上面是有建设计划的，拨了款他们就去施工，不拨款他们就不管；城乡建委的人说钱倒是由建委出的，但是先要订计划，还要通过论证。年轻人啊，你说，会不会那里还没有论证完，这断桥就真的断了呢?"

听完他那一番焦虑之言，我不禁放声大笑以宽其心。我说："断桥，乃杭人之断桥，中国人之断桥。断桥断不断，事关重大。哪里就会说不管就不管的呢。您老只须放心就是，雷峰塔可以倒，断桥却万万不会断的。"

许宣老人方才心安下来，继续与我叙述昨日的话题。

要说我和小白、小青的重逢，那已经是第

天竺香市

月桂峯

稽留峯

千歲岩

遊花峯

中天竺

三生石

下天竺

二年的香市时节了。那时候的香市和今天的相比，显然是要大得多。它始于二月花朝，终于五月端午，以"天竺香市"为最早。每年二月十九观音生日，香民结伙成队，乘着香船来杭。那千百只船停在松木场、拱宸桥一带，河道堵塞无隙。进香的路线，在城内是吴山各寺庙，在城外，便是天竺、净寺、灵隐、昭庆、圣因五大丛林为主了。各个寺庙两廊、山门内外，商铺店肆，鳞次栉比。丝绸簪子、衣尺刀剪、糕点果品、香烛木鱼、泥人玩具，摆得琳琅满目，云集于市。

我们方回春堂药店，每年此时，都要在寺庙门口施舍药茶，同时出售九折的丸散。那一年，药店便派了我去昭庆寺。

那天恰是农历二月十九，生意特别好，忙到傍晚时分，我也饿了，便到断桥边的宁波汤团担子前，买了一碗汤团，吃了没几个，就觉背后有个硬邦邦的东西在触我，又听有人在我背后笑着说："吃得好开心啊，自家东西都不晓得要了！"

我回过头来，见一短发少女，学生模样，穿件青棉夹袄袍子，头上围块格子围巾，看着我笑。我说："小姐，你认错人了，我没掉东西啊。"那小姐就摇摇手里那把纸伞说："你看看，这是不是你的伞？你可是忘性真大啊。"

我接过伞一看，正是去年雷峰塔倒那日我借给小白的那把伞。此伞是清湖八字桥老实舒家做的，八十四骨紫竹柄儿，怎么到了这个女生手里？我上下端详那少女，说："我没见过你啊，怎么伞就到了你手里？"

听到这里我忍不住插话："老先生你竟猜不出此人就是小青？您不是看到过她骑在马上的样子吗？"

老先生说，你须知道，我每次看见小青，都觉得我重新认识了她一次。上一次像个女侠，这一次又像个女学生了。我不晓得她是从哪里来的，究竟在干什么，我也不知她要到哪里去，下一次会变成什么样子。她不需要我的帮助，她也从来不把她的身世告诉我。她跟我接触，好像仅仅因为小白。她勾勾手，引我出来，到了柳树下，说："怎么你不在养鹿场了？我们去找过你呢。"

老实舒家

老实舒家为宋代临安有名的伞铺,《白娘子永镇雷峰塔》中便有提及:

不多时,老陈将一把雨伞撑开道:"小乙官,这伞是清湖八字桥老实舒家做的。八十四骨,紫竹柄的好伞,不曾有一些儿破,将去休坏了!仔细,仔细!"许宣道:"不必分付。"接了伞,谢了将仕,出羊坝头来。

我说："老板不让我养鹿了，说我随便拿鹿换人，又说我这人心好，便让我到庙前来施茶。"

"你想到过我们吗？"小青朝我淡淡一笑，说，"我叫小青，你救的那位姑娘叫小白。我打听过了，你叫许宣。"

实际上，我是直到这时候，才晓得这二位姑娘的芳名的。心里想问小白，又恐唐突，便说："小青你怎么这身打扮？你不是当着兵吗？"

小青说："早就不干了。我那也是客串一回。事情办完，我还泡在那土匪窝里干吗？海师长见了我就眼睛出血，说是找不到小白，要拿我小青去抵他的九姨太呢！"

我吃惊地问："海师长还在杭州？"

小青见我吃惊，说："怎么，怕了？"

我连忙说我不怕。

"不怕就好。敢去见个人吗？"

"谁呀？"我心情激动，明知故问，头皮一阵阵地发麻。我紧张得连牙齿都打起颤来了，我知道小青要我见的是谁了。

许宣老人说到这里，又停了下来，当时我们两人都坐在靠外西湖一侧的长椅上。因为紧挨着老人，我能感觉到他在颤抖。他那衰颓的身体，在黑夜中散发着只有青年才有的焦灼的热气。

我说："许宣先生，尽管我足可以当您的孙女，但我依然可以体验得出，毫无疑问，您恋爱了。您在上一年的九月至下一年的三月间，一定在无数个梦中与小白相会过。您一直在等着她的出现，还为她流过眼泪。她在您一遍一遍的梦中洗涤得越来越纯洁美丽，洁白无瑕。可以说，您为她心神恍惚，魂不守舍了。到庙会来施茶，肯定是您向老板主动要求的吧？您心存侥幸，想着或许能在香市上碰见小白呢!"

老人有些哀婉，无可奈何地朝我一笑——

"你说对了。我正是为了寻找小白，才来香市的，而且我还真的找到了她。小青介绍她进了断桥小学教书，小青自己则在之江大学读书。"

我心情激动，盯着那座黑暗中的爱情之桥浮想联翩：我仿佛看见小白就坐在断桥上，等着她日思夜想的救命恩人。我说："毫无疑问，

昭庆寺天王殿前万善桥　[美]本杰明·马尔智
摄于 1925 年

昭庆寺即现在的杭州市青少年宫,断桥小学的校舍
就曾在附近。

就在你们重逢的那个夜晚，你们来回踏遍了白堤。你们在花前月下，互订终身，山盟海誓，白头到老。你们第一次手拉着手，互诉相思之苦。小青远远地跟在你们后面，做着你们的保镖。"

许宣老人听了我的话，又恢复到他时有的恍惚状态之中去了。俄顷，他站了起来，试探地要求我："陪我到白堤上走走好吗？"

此时夜色已深，月色昏晕，天空布满了厚厚的灰白云朵，有冷风从湖上吹来——天色要变了。

许宣老人突然问我："年轻人，你知道什么叫断桥残雪？"

我说："还真有那么几种说法。南宋末年是

西湖十景形成的年代，断桥残雪位居其首，说的是冬天观赏雪景，断桥处最佳。明末张岱的《西湖梦寻》，则以为断桥下遍植桃柳，'岁月既多，树皆合抱。行其下者，枝叶扶苏，漏下月光，碎如残雪'。一向以为的断桥残雪，实际上是月影。"

老人长叹了一口气，说："我该告诉你的，小白就是残雪，断桥上的残雪就是断桥上的小白。"

老人接下去的叙述，的确超过了我的想象——

我真没有想到，这样一个月中仙子、出水芙蓉一样的少女，她竟然会是从四川峨眉山妓院逃出来的妓女。从她那张清纯无比的脸上，哪里看得出一丝一毫的人间污秽。我们肩并肩沿着白堤缓缓而行时，她脖子上的白纱巾被夜风吹起，还飘拂到了我的脸上。我无法相信，她怎么能够告诉我，她从前是个妓女，哪怕是被人贩子卖进妓院的也罢。她告诉我，她从妓院逃出来时，原来是想投奔嘉兴的一门远亲。没有想到远亲一家早已迁走，她好不容易考进一家女子师范学校，熬到了毕业，又没想到海师长的部队到了嘉兴。学校校长和海师长相熟，一定要把她介绍给海师长。海师长见了她更是垂涎三尺，带了兵就来抢。吓得她连夜逃到了杭州，还没教上半年书，也是冤家路窄，偏又在江干被这海师长撞上了。海师长很生气，说她明媒正娶不想要，干脆捆了回去，若不是那

断桥的历史

本名『宝祐桥』

壹／【唐】

张祜：断桥荒藓合，空院落花深。

贰／【宋】

吴礼之：
荡漾香魂何处？长桥月，短桥月。

叁／【元】

钱惟善：
阿姊住近段家桥，山妒蛾眉柳妒腰。

肆／【明】

孙隆修筑，甚壮伟，杂植四时花木，
建锦带桥，盖望湖亭，游人丛集，称最胜。

伍／【民国】

1921年，为修建马路，改断桥石阶为斜坡。

日碰到我和小青，她岂不是才出虎口又入狼窝了。小白她边流眼泪边说，声音细细碎碎的，如玻璃碴子，刺着我的心。我听不清楚她都说了些什么。我满脑子都是"妓女"这两个字。我侧过身来看看小白，她那一身月白色衣衫，在月光下，忽然变得旧了。

　　许宣老人说到这里，又停住了。显然，由于心情激动，也可能由于羞愧交加，他抛下我，独自沿着白堤，朝孤山方向缓缓走去，手里那把老实舒家产的纸伞又当了拐杖。我一声不响地跟在他后面，看着这个玄衣玄裤的老人颤巍巍的身影。我突然意识到，他毕竟是许宣，属于芸芸众生，只是一介勤恳厚道老实的小职员，一个江南软风细雨中酝酿而出的纤细的小市民，让他一下子接受小白是一个妓女的现实，大概和《白蛇传》里的许仙一下子不能接受躺在床上的那条碗口大的白蛇一样。

他们如果就此分手倒也罢了，各人就奔了各人的命。但敦厚善良的药店小伙计许宣，虽然犹如寒冬腊月里被浇了一瓢凉水，当场就愣在了这白堤的当中，但他也绝不可能就此扬长而去。当小白忐忑不安地问他"你是不是有些不舒服"时，他只是惊慌失措语无伦次地重复着一句话："让我想想，让我想想，让我想想……"

我们可以想象他是如何说着这样一句"让我想想"的话，倒退着翻过了断桥，进入了深夜的。而那边，断桥上的残雪——小白，她羞愧交加，举目无亲，她该怎么活下去呢？

　　那一天夜里我没有翻阅什么资料，我沉浸在对青白二姝未来生活的设计上。在我想来，小白小青与其在断桥头如残雪一般活着，还不如就此远走高飞，这一命运的假设倒使我极感兴趣。在一九二五年旧中国的兵荒马乱之中，在五四运动六年之后，北洋军阀结束统治的三年之前，中国半封建半殖民地社会中的一对弱女子有何出路呢？我设想了几种可能——隐居到乡间教书，像《早春二月》里那些苦闷的小布尔乔亚一样；出家当尼姑，像《红楼梦》里的惜春，斩断情丝三万丈，独卧青灯古佛旁；或者，和一切女人到头来的出路如出一辙，随

《白蛇传》的起源

《白蛇传》的起源有多种说法，一说源于唐代的洛阳巨蛇事件，《旧唐书·志》卷十七："天宝中，洛阳有巨蛇，高丈余，长百尺，出于芒山下。胡僧无畏，见之叹曰：'此欲决水注洛城。'即以天竺法咒之，数日蛇死。禄山陷洛之兆也。"

一说源于唐传奇《博异志·李黄》，一说源于《西湖三塔记》，还有其他种种说法。明代冯梦龙的《白娘子永镇雷峰塔》将这一故事基本定型。

便嫁人了事。

事实上，我已知道小白最终还是和许宣共结连理。但是我想其中一定发生了转折性的大事件，正是这样的事件促成了他们后来的命运。

那会是什么样的事件呢？小青在这当中又扮演了什么样的角色呢？残雪被许宣想象成了小白，又来自什么样的呼应呢？是一种奄奄一息的纯洁的状态，还是小白在白堤月下的被摧残的美丽呢？那一日夜里，杭州城的香火沿着白堤，一路烧过西泠桥，烧过九里松，星星点点，明明灭灭，一直插进三天竺和灵隐寺。在哪一炷香之下，流淌着这对痴男怨女的眼泪呢？

5.清明

　　第三个夜晚来临了。第三个夜晚的西湖不安又凄婉，天空下起了毛毛雨，撑着纸伞的许宣老人犹如一个出没在断桥畔的风吹雨打中的惶惶幽灵。老人那玉兰灯下风烛残年的身影使我悚然心惊。我不由得劝说老人今夜就此罢休，不用再给我继续讲当年的断肠故事。老人却固执地摇着枯瘦如柴的手说:"不行不行啊! 年轻人, 我是一定要都告诉你的。现在, 你过来看, 你看这桥下, 你看见了什么, 你看见水下有人吗?"

当时我俩就站在断桥桥顶。老人的话使我全身颤抖了一下: 莫不是有人落水了? 我立刻朝桥下望去。夜西湖黑得如梦, 哪里看得出这深不可测的水中会有什么! 水汽扑面而来, 我突然明白了, 在小白和许宣之间, 曾经发生了什么样的转折性事件。

我们可以想象许宣张皇失措地倒退着消失在断桥之后, 小白孤独一人仍留在大夜弥天的黑暗之中时, 会是一种什么样的状况。女人最容易把自己和死联系在一起的时候, 大多是和男人有关系的。小白没有死成，我想不会是许宣的功劳，有小青与小白同在呢！

"现在，该小青出面来解决这一人生难题了。我不知道她将怎样来安慰小白。她给小白指出活路了吗？否则，我想您那可怜的小白恐怕是要从断桥上投西湖了。"

我的本意是想缓和一下许宣老人过于激动的心情。也许是话里有些不够严肃的调侃成分，我没想到我的话竟犹如火上浇油，许宣老人一个回头面对桥下，眯起的眼睛唰地瞪圆。他手指着西湖，声音发哑神情紧张："她真的跳下去了！你想一想，如今我这样衰老丑陋，不忍再睹，日薄西山气息奄奄，七十年前可是有一个女人为我跳过西湖的。如果不是小青把她救起来的话，小白就是西湖里的一个冤魂了。我哪里配得上她！我哪里配得上她！"许宣老人用伞头击打着桥面，叫了起来，径自往桥下走去。

老人走入夜雨如幕的湖畔的身影使我惊诧，他那人之将死时的狂热执拗，竟和这样古典处子般的幽宁相辅相成。老人的背影紧张如弓，一如小桥流水里走出来的瑰丽与怪诞。

许宣老人平静下来以后才告诉我，他和小白能够再接前缘倒实在是纯属偶然了。话说那天夜里他回到店里辗转反侧无法入眠，小白那张凄婉的面容总在他眼前挥之不去。没有他，她如何在这世上存活下去呢？翻来覆去想这一问题，把他想得头皮发麻手脚冰凉惊慌失措。当然，许宣老人不可能告诉我他第一次与美妙

之江大学　[美]西德尼·甘博
摄于 1917—1919 年间

之江大学是一所教会大学，前身为 1845 年设在宁波的崇信义塾，1867 年迁址杭州，称育英义塾，后改为育英书院。1911 年改建为之江大学，1952 年高校院系调整后，拆分至浙江师范大学、浙江大学、复旦大学等院校。

女性在湖畔同行时呼吸芳菲的心慌意乱，这一切均在我的想象之中。总之第二夜香市结束，许宣便又急匆匆朝断桥走去了。他得去寻找小白，至于找到小白后将怎么样他倒还没来得及细想。谁知他再次在断桥边见到的小白和小青，已经在桥头热烈商量着下广州了。

小白小青要下广州，这个发展倒出乎我意料。当我问及原因时，许宣老人睁大了眼睛，说："小青是革命党呀！"

原来如此！我恍然大悟。我怎么会没有想到，没有人比小青更像一个革命党了！甚至南宋话本里的那个小青就有着革命党的模样呢。哪一个女人能像她那样一会儿当军阀的机要秘书，一会儿又当之江大学的学生——非革命党莫属！

　　总之小白能跟着小青下广州太好了。广州有孙中山，有黄埔军校，还有北伐军总司令部。但是在我看来小白终究还是走不了的——她命里注定要和许宣这个男人纠缠。当许宣在断桥头上见着了面孔惨白的小白并知道她昨夜跳过一次西湖时，许宣这平和、平凡甚至平庸的小市民，这个杭州方回春堂药店的小伙计血涌上头，刹那间灵魂飞舞升华起来。他不顾小青在场，一把拉住了小白的白围巾，眼泪就落了下来："小白，小白……"他不知道是求爱还是求恕，一遍遍叫着心上人儿的名字。小青不耐烦地说："你也不用小白小白烦我小白姐了，要不是为了找你，半年前我就送小白姐下广州了。"

许宣吓了一大跳："什么，你们要去广州？"

"去广州！"小青斩钉截铁地肯定。

"去广州干什么？"

"杀海师长这样的恶人！"

许宣不敢相信，这话会从小白口中说出，她想小白一定是昨日被他刺激坏了。这一下他不是拉小白的围巾而是拉小白的手了。"小白，你去不得呀，我求求你……留下来，和我……和我在一起……"

小白轻轻抹开他的手，叹了口气说："晚了……"

小白和小青默默地离开了许宣。失魂落魄的许宣还能够发现小青的一只左手紧紧地拉着小白的右手。这两个女人的紧密团结使许宣感

西湖竹枝词

【清】余一淳

女郎送别断桥西，
不忍轻分掩袖啼。
归家只恨桥名恶，
愿得成双似两堤。

到了绝望，一刹那间他甚至仇恨小青——他知道没有强硬的小青，小白会留下来依靠他。现在晚了，她不再需要他的拯救，小青把她从他的手中夺过去了。许宣他悔恨交加，肝肠寸断。南方清秀温情的少年郎一旦失恋，那种茫然无措的悲伤，自别有一番风情。况且，那一日漠漠黄昏，又有细雨下来了……小白隔着雨帘忍不住回了一次头……

"就这样，小白留下来了。"我说，"有时候您以为某些重大的生命转折会有什么样的大动作，其实不然。您听到的，不是轰隆一响，而是唏嘘一声……"

年轻人，我不知道你刚才说的话有没有道

理。我有很多时候理不清自己。比如你刚才说，因为那一回头，小白留了下来。

可是我始终也没明白，小青是不是也附在小白身上留了下来，或者，小白的一半魂儿跟着小青去了广州。我记得当时小青是恨我的。她对小白说的那句话一直费人猜寻，她说："你得留着点儿。"她要小白留着点儿什么呢？总之，从此以后，我对一个女人的所做所说，就像是对两个女人的所说所做一样了。有一段时间，我活得很累。你得知道，小青离开杭州第二天，小白就开始后悔了。由于她一再拒绝我的爱情，我就干脆向她求婚了。噢，我还得告诉你，小白是一个话很少的女人。她总是喜欢用她的表情和动作说话，比如她留恋我时的轻轻一回头……我愿意娶她为妻的决定，是在我带着她到湖上荡舟时说的。那是一个清明节，清明不插柳，红颜变皓首。小白的黑头发上插着一根柳条，她穿着白衬衣黑裙子，静静地坐在船头。当我说我要娶她时，她连一句话也没有说，只是向我扬了扬脸。可是我要说，这样的面容如今是绝不会再有了……现在不会再有这样一张既深情又羞愧、既守贞洁又解风情、因为经历罪孽风尘却反具可爱与神秘的面容了。唉，年轻人，是谁说过，我只爱那经历了痛苦的女人……

"应该是帕斯捷尔纳克。我记得他在《日瓦戈医生》中的原话是说，我不爱没有过失、未曾失足或跌过跤的人……"我的胸口一跳，说，

[清]钱德苍　缀白裘　断桥相会

"也许……这道理和你把小白当残雪来爱一样?"

许宣老人沉默了一会儿,他累了。我们两人就坐在桥边的亭子里。残荷浮了一片水面,簌簌地,让我们听着雨声……过了一会儿,老人又开始叙说。他的口气变得有些干巴巴的,不像在说他自己——

一九二六年清明后,我和小白准备着婚事。我们打算端午结婚。那一日我正在店堂里配药,来了几个大兵,把我五花大绑地绑走了。老板和伙计们都吓坏了,不知我犯了什么罪。我心里却明白,一定是海师长发现我了。

海师长不仅要我交出小白,甚至还要我交出小青。他说小白要做他的九姨太,这是他早就想好的，不能因为我这柜台猢狲把他想好的事情给搅了。至于小青，是革命党，要抓来枪毙的妖人，也是万万不能放过的。

我怎么也不能把小白交出去啊，我只能说我不知道，也可能她跟着小青下广州了。海师长听了生气，叫人在后院支了口大锅，烧了一锅的水，把我从牢里拉了出来，扒了上衣。他手里拿把匕首，在我胸口泼上点凉水。他说他要挖了我的心下绍兴老酒喝。

听到这里我连气都透不过来了。在我想象当中，海师长长得就像一只横行的螃蟹，正是那种"乱世英雄起四方，有枪就是草头王，钩挂三方来闯荡"的帮会人物。他要吃许宣的心，这是真做得出来的。

"那您怎么办?"

听天由命呗,老人淡然地说。我也只好等着他来挖心了。哪里晓得他又不挖了。他说要留着我等小白来上钩。这样在地牢关了近一年,一日来了个给我送饭的丫头,开了牢门,一把就抓住我的手,轻声说:"跟我来!"我定睛一看,吓了一跳,小青什么时候成了海师长家的丫鬟了?小青却不让我多说,带着我熟门熟路地穿过了海师长家的花园天井。不知为什么,我和海师长总是冤家路窄,这一次也是这样。我们都已经在开后花园的最后一扇门了,却碰见了祖胸露臂在廊下晒太阳的海师长。他看见我们,跳起来就要抓枪。来不及了,小青飞脚一踢,把枪踢出老远。她又飞手一扬,手里一

插柳节

插柳节为清明节的别称。因清明节这一天，家家户户门首插柳、檐下挂柳，妇女头上簪柳、男子身上佩柳、儿童吹柳管，墓前插柳挂纸钱等，又传是日插柳极易成活，故名。此俗约始于唐代，至宋代愈盛。

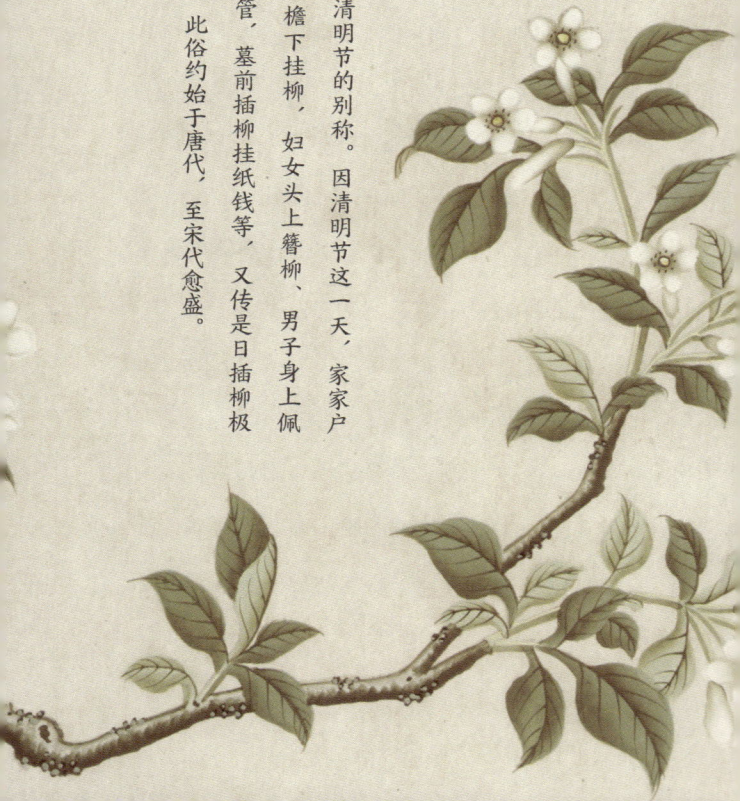

把寒光闪闪的匕首出去，海师长大叫一声倒下，我们却腾身上了白马，扬鞭而去！

"海师长被杀死了！"邪恶势力被毁灭的快感使我忘乎所以地大叫起来，欢呼声传至湖畔。许宣老人沉重地摇了摇头说："如果当时匕首没偏就好了。可惜伤的是海师长的一只胳膊。"

我现在才知道，小青在一九二七年的年初，跟着千辛万苦才找到她的小白一起回到了杭城。她在救出了许宣之后，又顺利地回到了北伐军中。不过数日，又跟着大部队，浩浩荡荡地开进了杭城。在欢迎的队伍中，竟有系着绷带的海师长。你可真不会想到，海师长不但投靠了北伐军，海师长甚至还加入了国民党。

相偶訊過積素
餘湖光山色又
回少也送殘北
橋遙過一倒風
光入牢與
去駁路橋謝雪
御筆

[清]董邦达　断桥残雪图轴

一九二七年的清明节，是我们和小青相聚的最后一天。年轻人，你该知道，我们杭人的游清明，可谓倾城上冢，车马云集。山家村店，张幕藉草，并舫随波，日暮忘返。那一日的白堤苏堤，真是红翠间错，游人如织。我们几个来到断桥，小青还拿来了一只美人鹞儿呢。她们每人头上插了根柳条，一边放着风筝，一边叫着："头月鹞，二月鹞，三月放着断头鹞……"小白穿一套月白旗袍，小青穿一套阴丹士林蓝旗袍。她们头发黑黑的，柳枝青青的，面孔红红的，鼻尖和额头上的汗珠亮晶晶的……来来去去的人，看着她们，都看呆了。

就在这时，断桥洞口驶出来一艘画舫。我看见了海师长的肥头大耳，他那双凶恶残暴的眼睛，紧紧盯着我们。他一言不发，但我们都知道，他在说——你们等着瞧吧！

小青是看着画舫远去之后，才对我们说以下那番话的。她说："时局不稳，你们快走，到我家乡越中去避一段时间吧。"

小白说："要走我们一起走。"

小青笑了，一把扯断了那只美人鹞儿的线，指着天上，说："看，放出去了的，还收得回来吗？"

小白说："一起走吧，在这里太危险。你没看见海师长那副样子，像吃人一样！"

小青眼睛一亮，大笑起来，两手分别挽住我们的胳膊，说："我若被他吃了，替我复仇！"

小青朝我看了一眼，我愣住了，阳光把我

的眼泪刺激了出来。那一天是清明，踏青的日子，祭奠亡灵的日子，欢乐的日子，悲伤的日子——就在那一天，我看见了死神，光天化日之下，他就站在小青背后，他手里拿着一把枪，他长得和海师长一模一样。

"怎么，你不敢吗?"

"敢! 敢!"我连忙说。

小青却又笑了，对小白说："你看姐夫，被我吓住了!"

小白望着天空上那小成一点的鹞儿，说："小青，小青，我们就走不到一条路上?"

小青把一只手举起来，搭一个凉棚，就这样望着天空，她没有回答小白的话，但她眯起眼睛神往的样子，真是可爱极了。我不明白自

皮市巷里拎桶的女人　吴国方　摄于1996年

己，怎么会一直把她当作男孩子呢？

不到半月，政变发生，海师长亲自逮捕了小青，他用那只没有受伤的胳膊，一连向小青的胸膛，开了七枪！

那天晚上，在一片夜雨声中，我在书房查阅当时杭州的政治活动情况。一九二七年离辛亥革命已达十六年之久，离秋瑾女士被害长达二十年，离中国共产党诞生也已有六年。我不清楚小青属于国共中的哪一个阵营。从党史资料上看一九二二年九月，中共杭州小组在皮市巷3号正式成立，第一批党员有于树德、金佛庄、沈干城。小青显然不在其中，但亦不能否定她不在以后几年的秘密名单之中。一九二四

西湖竹枝词 其一

【清】毛奇龄

断桥西去杏花开，
年年桥上送郎回。
分明一片连桥子，
何日何年断得来。

年一月，浙江国民党员为选举出席国民党第一次代表大会代表，在西湖刘庄召开会议。会议选举宣中华、戴立夫、胡公冕三人为浙江出席国民党"一大"的代表。另有沈定一、戴季陶、杭辛斋三人由孙中山直接指派，作为浙江代表参加大会。这当中也绝无小青女士一席之地。但是我亦不能妄加推论就说小青一定没有加入过国民党阵营。总之，在我心目中，一九二七年的小青，无论如何应该是一个党人的，从常识上看，小青更接近于共产党人身份。在那场举世震惊的大屠杀中，倒在血泊中的几乎全是年轻的、热血沸腾的中国布尔什维克。二十世纪初出生的一批最优秀的青年被杀害了，小青倒在其中，看来也并不奇怪。每一个人都有自己的死法，小青与小白，是命运注定，要有着不同的终结的，这一点，在故事尚未终结之前，我就意识到了。

6. 端午

　　这一个夜晚细雨才停，霁月初开，西湖的天空和湖面一样深不可测。星星们闪着不可知的眼神，时远时近，湖水温情脉脉，拍打断桥桥头。生命真是既惨烈又缠绵的人间所在啊！关于人的故事，哪里有个尽头呢！许宣老人已经心力交瘁，我看着他坐在玉兰花灯下被青光

断桥残雪

罩顶的身影，就像我远远看见空荡荡的大舞台上，一束灯光打在一个戏中孤独的人物身上，背景是一座隐隐约约的江南水桥。

老人在开始叙述他的故事前，喘息着问我："你肯为我拿着这把纸伞吗？"

我说这有什么不可以，我这就给你拿着。

老人说不是现在，是故事终结之后，他想把纸伞交给我。

我一下子明白了，脊梁骨就弹直了起来。我明白，老人是要我接受什么样的使命了。我心生紧张，含含糊糊地说："老人家我先听您讲完吧。"

老人叹了口气，他显然看出了他的后代的小心机，但他还是宽忍了这个，也许他一生听到的"不"字太多了。

一九二七年的端午节，我和小白成了亲。我们是穿着孝服，在小青的灵牌前跪拜成亲的。吃交杯酒前小白拿着一把匕首对着自己的手腕割出血来，渗进酒杯。她的目光也成了一把匕首，甚至可以说是咬牙切齿地说："许郎你再给我发一遍誓：不为小青复仇，誓不为人。"

她的样子有些反常。她这样反常的样子，从小青死后就开始了。我们找不到小青的尸骨，我们也找不到海师长的踪影，可我们又不能因此而不成亲，尤其是我。我不知道该怎么想我这个人，尽管海师长杀了小青，可我还是想和小白成亲。不像小白，小青死后，她似乎觉得我们还活着，便是一种罪孽了。大概，我和小白就是从那时开始了各自不同的悲痛了吧。小白是要我发誓一找到海师长就去刺杀他后，才同意与我同床共寝的。我当然发誓，我也割了手腕，只要让我能与小白朝夕相处，耳鬓厮磨，我什么誓都愿意发。年轻人，你要知道，我为小白，已经等了整整三年。我那时怎么会知道，我还会因此而等六十五年呢。

许宣先生说到这里，我完全明白了，这一对相爱的人儿在今后的岁月之中发生了什么。掐指算来，整整六十五周年。也就是一九三〇年，海师长重新出现在杭州，小白要许宣遵守诺言，刺杀海师长，为小青复仇，而许宣却犹豫了。

年轻人，直到今天，我还不愿意承认我是胆小。我不是也面对过挖心吗？你知道那一年我们已经回到杭州，我重回药店工作，小白也进了女子学校任教。我们成亲三年，已经有了一个牙牙学语的儿子。我们的生活虽然清贫简朴，但也不乏平常人的天伦之乐。你得知道，天伦之乐，是连神仙和魔鬼也享受不到的乐趣。我和小白都是在杭州无亲无靠的小人物，如今我们有了一个孩子，我们三人怎么能分开呢！我们分开，又怎么能够活得下去呢？

许宣老人的意思，我是能够听明白的。一九三〇年的杭州，哪里还有一九二七年北伐军进城的那种革命景象，那种狂欢的劲头。再没有哪里比杭州这个地方的老百姓更会过日子了。这个城市出过许多小青这样的出类拔萃之士，这个城市也曾血流成河，也曾惊天地泣鬼神，这个城市的光荣一点也不比中国其他的城市逊色，但这个城市的世俗精神却在全中国所有城市中名列前茅，它的万丈红尘，同时也遮蔽了它的万丈光芒。

　　老人盯着我，仿佛希望得到我的同意。他说，为三年前死去的小青复仇，真的还有什么大意思吗？我并不是说海师长不该死，只是我不愿意我小小的家妻离子散家破人亡，我不愿意为一个死去的人再死三口人。我去刺杀海师长，我自己必死无疑。我死，小白母子又如何存活？我为什么非要选择这样一种鱼死网破的

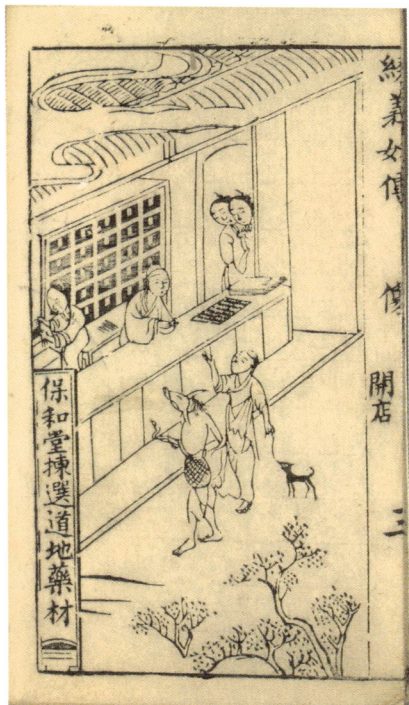

[清]陈遇乾　绣像义妖传

生活？我究竟不是荆轲，不是高渐离，他们六亲不认，只认恩主。我是许宣，卖药为生，为情所累，为情所生。小青九泉之下有灵，我想也会同意我这不守诺言的人的难言苦衷的。

可是小白却无法理解我的沉默。她每天都要对我说一遍："该杀海师长了！"

一开始她只是提醒我，渐渐地，这种提醒成了催促，再后来催促成了责怪，责怪又成了恼怒。我们的关系，竟然因此而紧张了起来。再后来，她不责怪我了。

一九三〇年端午节，那一日上午，我和小白都没有去上班。小白置办了雄黄、黄鱼、黄瓜、咸鸭蛋蛋黄和裹在粽子里的黄豆瓣，按照杭人的习俗，这叫吃五黄。小白还包了一堆粽子，说留着慢慢吃。她用雄黄加在烧酒里调和，又削了一些菖蒲根进去，制成了雄黄酒。她口里含着雄黄酒，往房屋壁角喷洒时的样子可爱极了，真像一个贤妻良母。她蘸了酒，在儿子额上写了一个"王"字，又在儿子臂上系了个五毒索儿，还在门上插了制成剑形的菖蒲，还有艾蒿。我看了心里高兴，多日焦灼的心到底妥帖了下来。我拿了把王星记出的团扇，顺手在扇面上画了老虎、蛇、蝎、蜘蛛、蜈蚣五毒，塞在儿子手里。儿子玩着五毒扇，睡着了。我和小白弄了几个菜，便吃起酒来。

吃酒前我们照例给小青的灵牌供了酒。我们夫妻双双又磕了头。我看不出小白有什么异样。她只是多喝了几杯，醉态迷人。酒酣耳热，她又解开了领子，她也着眼神看我，那样子真是花月其人，风月其神。我也醉了，我说："小白，小白，我今生怎么会有这样的福气，娶着你这样一个美人儿。你是哪里来的？天上来的？地下来的？我有了你，哪里还寸步敢移。我们方回春堂的大伙计说，用方回春堂来换你，他也干。我把他打得脸都肿了，你信不信?"

小白也醉了，说："你敢打大伙计，你却不敢杀海师长!"

我抱着小白就哭了，说："我哪里是不敢杀海师长，我是不敢离开你啊!"

小白哭了，说："我知道你的心思。你不去，你在家里养孩子就是。我去杀了那海师长，我去替小青报仇!"

我说："小白你酒喝多了。我们等待时机吧，总有一天小青的这个仇是要报的。我们再等等吧！"

小白喝着酒，眼睛亮得发光："许郎我实话跟你说了，小青她等不及了，她在地下血淋淋地看着我们呢。她在断桥上要我们发过誓的！"

我还有什么话好说呢？没话好说了，我只有拥抱她，亲吻她，我想用我的全部来爱她。我以为我们身心交融时，情欲的力量会大过复仇。那一天我真幸福，小白就在我的怀中，又亲切又熟悉，好像我几世前就与她有缘。一段时间以来的忐忑不安和对小白的陌生感冰消雪释，雄黄酒终于使我昏昏欲睡。

等我醒来的时候，屋里一片昏黄，儿子拿

着小白平时披挂的白围巾拉着我的袖子。我翻身起床，点灯一看，顿时冷汗直冒，差点昏厥过去。

小白不见了！小白的白围巾上，用雄黄酒蘸着写了八个大字：断桥不断，恩情不绝。

听到这里，我激动得一颗心就要跳出胸膛。我站了起来，任湖上寒风吹拂我灼热的心怀。我只能来回地在许宣老人面前走动着，才能继续听他的故事。

那一日端午之夜，月上柳梢头，人约黄昏后，多少情男痴女去了湖畔。海师长下榻的公寓房门被打开了。小白娉娉婷婷，唇红齿白，一身素色，立在醉醺醺的海师长面前。海师长隔着桌子，一时目瞪口呆，手里提着只螃蟹脚，说："小白，今天你可是自己送上门来的！"

小白轻轻关上门，突然，唰地解开了自己薄薄的衬衣。她美丽洁白的胸脯坦露于人前。她微微笑着，用眼角眉梢勾引着他说："你不是最喜欢挖人的心肝下酒吗？我今天就给你送我的心儿来了。就看你有没有这个胆量挖来吃呢！"

海师长一开始显然被惊得呆若木鸡。但是继而，他便按照他的思路，把小白这番话想象成风月场上惯用的伎俩了。海师长扑了过来，嘴里还嚷着："小白，你早该投奔我海大王了。你跟着那穷卖药的——"

话音未落，一把匕首直直地插进了海师长

那多毛的胸膛。

海师长大叫一声，眼珠瞪得滚圆，整个身子绷紧了，一口血就喷在小白那洁白如玉的肌肤上。

第二天，整个杭州城就传遍了军阀海师长被一个神秘女郎刺死的消息。

许宣老人惊异地站了起来，一把抓住我的手，问："你怎么知道？你怎么全知道?!"

我愣住了，我自己也不清楚，我怎么就会知道得那么详尽，就好像有什么人的灵魂附在我身上了，就好像……我在什么久远的年代，真的亲自干过这件事情。

"从那个端午节开始，我就再也没有见过小

白。她是死是活，杳无音信。我等了她一辈子，只为她那句'断桥不断，恩情不绝'。今天算是等到头了……"

"为什么？"我惊异而恍惚，我不明白许宣老人的意思。

"你难道没有发现，纸伞……已经……在你、你、你手里了吗？"

我定睛一看，果然，那把老实舒家的纸伞，已在我的手中。我再抬头一望：咦？皓月当空，水波不兴，上下天光，一碧万顷，哪里还有那许宣老人的一丝幻影？

再看断桥，沉沉郁郁，不动声色，静卧堤间湖上。大千世界，竟收成了一把伞，躺在我眼前，证实我所经历的，并非南柯一梦……

7. 残雪

现在，风和日丽的阳春又来到了。如果你们有幸去断桥，你们将会看到一个女人，她手里拿着一把八十四骨紫竹柄儿的纸伞，腋下夹着一本书，茕茕孑立，形影相吊，彷徨湖畔——那就是我。

断桥残雪

想像银塘积
素余湖光山
色又何如近
从赵北桥边
过一例风光
入翠舆

臣梁诗正书

俯瞰断桥　[日]亚细亚大观社编
摄于1928—1932年间

断桥并没有因为我的等待发生任何奇迹。我看见政府和电视台的人们都来了，他们对断桥倾注了前所未有的热情和关心，这使我信心百倍。断桥不断，恩情不绝。我深感小白用雄黄酒写在白围巾上的话，实乃至理名言。

不久，我和我的断桥朋友们又在报上看到了相反的消息——原来"断桥将断"的报道是过于夸张了的，无论四厘米还是十二厘米，都不足以使断桥真正断掉。这一消息使断桥迷们纷纷撤离"热点"。他们热情地邀请我与他们一同撤离，老干部还向我建议说，黄龙洞附近发现了一口泉水，来历不明，很有考证的价值。我扬了扬手里的纸伞，苦着脸说："不行啊，我得等小白！"

断桥残雪　吴国方　摄于2010年

老教师说，连许宣老人都纯属子虚乌有，哪里来的小白啊！

我说言之有理言之有理。我并非不知道等待的结果和现状一模一样——断桥不会断，小白也未必会来，但不再等待的后果却吉凶难测。很有可能，在我们背弃断桥的第一分钟，只听轰隆一响而不是唏嘘一声，世界与断桥同时崩溃！这可怎么得了啊！这可怎么得了啊！我发现我竟在不知不觉中发出了许宣式的焦灼的捶胸顿足的叹息！

诗人大笑曰："贝克特在《等待戈多》中说：希望迟迟不来，苦死了等待的人。我看不妨改成'小白迟迟不来，苦死了拿伞的人'更妙。"

我说："你也不必冷嘲热讽，何不与我共守

断桥呢?”

"我才没那么傻呢！你看，在'希望'与'等待'之间，穿插了什么词——'苦死'！谁会愿意像你那样活活地苦死呢？扔了这把伞，走我们的。我请您看电影，《意大利人在俄罗斯的奇遇》。"

说实话我可真想去看《意大利人在俄罗斯的奇遇》，听说这部喜剧片让人从头笑到尾。可我实在没办法走开。老实舒家的这把纸伞所具备的那种非凡魔力，把我镇在断桥边寸步难移。我现在开始理解"尾生抱柱"的意义了。《庄子·盗跖》篇云："尾生与女人期于梁下，女子不来，水至不去，抱梁柱而死。"故李白《长干行》诗曰：常存抱柱信，岂上望夫台。尾生抱柱是不是还有这样的心态：你不来，我就死给你看！那么许宣老人的消失也可以理解为"小白你不来，我就死给你看了"。可是现在我该怎么办呢？我这么等下去，如果小白还是不来，我怕是只有死给这把纸伞看了……

清明已过，端午将临。我就这样又焦虑又惶然又心猿意马又坚忍不拔地等到今天，竟觉得长此以往，千年等一回，自己也将化作残雪一朵，作了那西湖风光了事。

有时夜深人静，长堤漫游，恍惚之中，又似觉有青白二姝相衬相依，花间出没，月下飘忽，冥冥中又有马蹄嘚嘚之声。每每寻声暗问，不知是否有白马驮着小白、小青而来……俄顷，又往往万籁俱寂，天地哑口无言。

爱是被祝福出来的

——《断桥残雪》里的吉光片羽

唉，谁知道哪一天，我才能够与小白在断桥相会呢……

1995年春，《东海》文学杂志向我约稿。那时我刚完成四十万字的长篇小说《南方有嘉木》初稿，特别希望放开写些实验性、先锋性强一点的短文本作品。正巧这时西湖边发生一件大事，《杭州日报》报道了杭州断桥可能会断的消息。一时北山街口断桥边人声鼎沸，市民们都担心断桥会不会真的断掉。我上班的浙江省文联就在断桥附近，所以那几日我也天天往断桥跑。站在石函路口，我不免联想：断桥要真断了，许仙和白娘子还怎么相会啊！

这种把现实生活和传奇想象搅和在一起的思维方式，在杭州人古往今来的日常生活中，向来不是割裂的。我小学时的一个女同学，就住在庆春路一座小亭子改造的陋屋里，屋旁有一口井。等我再大一点就知道，此为岳飞女儿投井的银瓶井，故亭是银瓶亭，旁边有条路叫岳王路，隔壁就是孝女路，对面再走几步就是韩世忠的蕲王路。我家大院对面就是宋代的大理寺，大理寺后面是屈死岳飞的风波亭。

杭州人只要愿意，总是可以把历史像手帕

那样两头一折，时间就重叠起来，人们就在这之间来回飘浮，远行或归来。

我想把西湖十景和这种飘浮感结合起来。而飘浮感的第一选择自然是爱情；十景就写十个发生在此景中的儿女情长。爱情西湖，珠联璧合，一倾西湖是为恋爱而诞生的。

第一个爱情故事《断桥残雪》就这样浮现出来。以1995年初杭州断桥曾有裂缝这一现实入手，现代人"我"认识了一位等待的老人，老人讲述了一个20世纪初的爱情悲剧，而这个爱情悲剧又恰恰与杭州民间故事《白蛇传》对应在一起，因为写断桥是不可能不写人蛇相会的。

可是杭州那么多民间故事里，我最烦清河坊保和堂的小老板许仙，太辱没我们杭州男人了，然而这市民的小格局又太精准了，《白蛇传》的人物架构千锤百炼，不可动摇，喜欢不喜欢许仙都得上。

那时我正巧生病了，靠在病床上左手打点滴，右手码字。用的是一支铅笔，方格子纸，很快，一稿就基本成型了。

"西湖十景"中的每一个故事，都有一个相应的杭州文化意象。作为一个讲故事的城市，英雄美人是西湖重要的人文底蕴，在中国民间故事中，杭州西湖的民间故事，拥有不可或缺之地位，而在中华大地上流传八百余年的《白蛇传》，自然成为杭州民间文学皇冠上的明珠了。

《白蛇传》故事是我国"四大民间传说"之一，与杭州有着深刻的渊源。斑斓繁杂的城市生活，数不胜数的名胜古迹，浪漫多情的风物习俗，文人的高雅与市民的世俗，它们兼容并存，转换自如，你中有我，我中有你，构成了人蛇相恋的庞杂背景。

明人洪楩所编《清平山堂话本》中的《西湖三塔记》，有人认为是《白蛇传》故事最早的版本，讲的是宋孝宗淳熙年间的事，虽然和后来的《白蛇传》故事相去甚远，但有着明显的血缘关系。

男欢女爱的情爱故事总是越编越丰富。由

《西湖三塔记》中的故事雏形发展到明末冯梦龙在《警世通言》中以《白娘子永镇雷峰塔》将故事初步定型，直至当代各种版本的白蛇故事，近千年的流变始终与杭州紧密相连。无论从峨眉山游来的青白二蛇，还是胆不配情的市民许仙，还是僵化固执的法海，他们都像煞杭州人。

如果不能另辟蹊径，再讲一遍《白蛇传》还有什么意思呢？于是我把故事翻版到民国，把人物各自重新作了对应安排，把时间用节气风物割开，但即便如此，终究雕虫小技。

这故事后面，是有着永恒价值的。人们往往把它归结到对爱情的忠贞不屈和对友谊的天长地久上。而在我看来，更为深入的困境在于人在时空中的"等待"。

那段时间，电视连续剧《新白娘子传奇》正风靡大陆，杭州人更为痴迷，《千年等一回》的主题歌终日在西湖边山水花鸟之间绕梁：千年等一回！等一回啊/千年等一回/我无悔啊/是谁在耳边说爱我永不变/只为这一句啊/断肠也无怨……

这和爱尔兰现代主义剧作家塞缪尔·贝克特的两幕荒诞剧《等待戈多》中的等待完全不一样。如果《白蛇传》讲了美好的事物被摧毁的悲剧，那么《等待戈多》表现的则是一个"什么也没有发生，谁也没有来，谁也没有去"的彻头彻尾的荒芜悲剧。

由此推论，许仙或许会发出这样的疑问：

一个人爱一条蛇，这有意义吗？许仙对这样的爱是持有怀疑态度的，他的犹犹豫豫，左右为难，其实是有终极命题拦在前面的。

由此，我的第二个思考就出现了：即便她是一条幻变为人的蛇，许仙为什么不可以理直气壮地爱她呢？这个问题是可以作用到真实人间的。故而，一个审美意象此时诞生了——残雪。

残雪是什么？只有当你在观念上意识到残雪是被玷污的纯洁之美，你才真正明白什么是"断桥残雪"。我钟爱的小说《日瓦戈医生》中，主人翁曾经这样说过：我不爱没有过失、未曾失足或跌过跤的人。她们的美德没有生气，价值不高。生命从未向她们展现过美。

我们是否可以说，因为"过失"，白素贞成为领略了生命之美的女人？帕斯捷尔纳克所说的过失，应该理解为苦难或者劫难吧。在传说中，白蛇的过失是她生来便是一条蛇；而在我的小说中，我把她的身份设为曾经的青楼女子。

被玷污的纯洁与美是我在这部小中篇中对残雪意象的文学诠释。《等待戈多》中说：希望迟迟不来，苦死了等待的人。但潘多拉的魔盒中，唯一留下的的确就是希望。等待那被玷污的纯洁归来，揭示了人类爱的丰富性，是爱的过程、爱的结果、爱的勇气和爱的能力。

等待也可以诠释为向着理想的动态的静止。我记得萨特曾说过这样一段话，大致意思是：即便人类在曾经希望成为理想形态的"人"的进化中失败了，但至少可以记上这样一笔：在历史上，曾经有一种叫作人的动物在渴望完美的征途中奋斗过，尽管他们失败了，消亡了，但他们的确存在过。

而这种无论结果如何也要完成过程的冲动，或许亦来自人类的本质属性吧。这正是我在小说结尾，设定老人的纸伞已经交到"我"手上的缘故。你可以认为这不仅是继承了遗志，而且还是使命，或者更绝对一些，你就干脆把这纸伞的指向理解为宿命吧。

2023 年 8 月 28 日

附录

西湖三塔记

今日说一个后生，只因清明都来西湖上闲玩，惹出一场事来。直到如今，西湖上古迹遗踪，传诵不绝。

是时宋孝宗淳熙年间，临安府涌金门有一人，是岳相公麾下统制官，姓奚，人皆呼为奚统制。有一子奚宣赞，其父统制弃世之后，嫡亲有四口，只有宣赞母亲及宣赞之妻，又有一个叔叔，出家在龙虎山学道。

这奚宣赞年方二十余岁，一生不好酒色，只喜闲耍。当日是清明，怎见得：

乍雨乍晴天气，不寒不暖风光。盈盈嫩绿，有如剪就薄薄轻罗，袅袅轻红，不若裁成鲜鲜丽锦。弄舌黄莺啼别院，寻香粉蝶绕雕栏。

奚宣赞道："今日是清明节，佳人才子，俱在湖上玩赏，我也去一遭，观玩湖景，就彼闲耍，何如？"来到堂前禀复："妈妈，今日儿欲要湖上闲玩，未知尊意若何？"妈妈道："孩儿，你去不妨，只宜早归。"

奚宣赞得了妈妈言语，独自一个拿了弩儿

离家，一直径出钱塘门，过昭庆寺，往水磨头来。行过断桥四圣观前，只见一伙人围着，闹烘烘。宣赞分开人，看见一个女儿。如何打扮：

> 头绾三角儿，三条红罗头须，三只短金钗，浑身上下，尽穿缟素衣服。

这女孩儿迷踪失路，宣赞见了，向前问这女孩儿道："你是谁家女子，何处居住？"女孩儿道："奴姓白，在湖上住。我和婆婆出来闲走，不见了婆婆，迷了路。"就来扯住了奚宣赞道："我认得官人，在我左近住。"只是哭，不肯放。宣赞只得领了女孩儿，搭船直到涌金门上岸，到家见娘。娘道："我儿，你去闲耍，却如何带这女儿归来？"宣赞一一说与妈妈知道：
"本这是好事，倘人来寻时，还他。"

女儿小名叫做卯奴，自此之后，留在家间，
不觉十余日。宣赞一日正在家吃饭，只听得门
前有人闹吵。宣赞见门前一顶四人轿，抬着一
个婆婆。看那婆婆，生得：

> 鸡肤满体，鹤发如银。眼昏如秋水微
> 浑，发白似楚山云淡。形如三月尽头花，
> 命似九秋霜后菊。

这个婆婆下轿，来到门前，宣赞看着婆婆
身穿皂衣。卯奴却在帘儿下看着婆婆，叫声：
"万福！"婆婆道："教我忧杀！沿门问到这里。

却是谁救你在此？"卯奴道："我得这官人救我在这里。"

婆婆与宣赞相叫。请婆婆吃茶。婆婆道："大难中难得宣赞救你，不若请宣赞到家，备酒以谢恩人。"婆子上轿，谢了妈妈，同卯奴上轿。奚宣赞随着轿子，直至四圣观侧首一座小门楼。奚宣赞在门楼下看见：

金钉珠户，碧瓦盈檐。四边红粉泥墙，两下雕栏玉砌。即如神仙洞府，王者之宫。

婆婆引着奚宣赞到里面，只见里面一个着白的妇人，出来迎着宣赞。宣赞着眼看那妇人真个生得：

> 绿云堆发，白雪凝肤。眼横秋水之
> 波，眉插春山之黛。桃萼淡妆红脸，樱珠
> 轻点绛唇。步鞋衬小小金莲，玉指露纤纤
> 春笋。

那妇人见了卯奴，使问婆婆："那里寻见我
女？"婆婆便把宣赞救卯奴事，一一说与妇人。
妇人便与宣赞叙寒温，分宾主而坐。两个青衣
女童，安排酒来，少顷，水陆毕陈。怎见得：

> 琉璃钟内珍珠滴，烹龙炮凤玉脂泣。
> 罗帏绣幕生香风，击起鼍鼓吹龙笛。

当筵尽劝醉扶归，皓齿歌兮细腰舞。

正是青春白日暮，桃花乱落如红雨。

当时一杯两盏，酒至三杯，奚宣赞目视妇人，生得如花似玉，心神荡漾，却问妇人姓氏。只见一人向前道："娘娘，今日新人到此，可换旧人？"妇人道："也是，快安排来与宣赞作按酒。"只见两个力士捉一个后生，去了巾带，解开头发，缚在将军柱上，面前一个银盆，一把尖刀。霎时间把刀破开肚皮，取出心肝，呈上娘娘，惊得宣赞魂不附体。娘娘斟热酒，把心肝请宣赞吃。宣赞只推不饮。娘娘、婆婆都吃了。娘娘道："难得宣赞救小女一命，我今丈夫又无，情愿将身嫁与宣赞。"正是：

春为花博士，酒是色媒人。

当夜，二人携手，共入兰房。当夜已过，宣赞被娘娘留住，半月有余。奚宣赞面黄肌瘦，思归道："姐姐，乞归家数日却来！"

说犹未了，只见一人来禀复："娘娘，今有新人到了，可换旧人？"娘娘道："请来！"有数个力士，拥一人至面前。那人如何打扮：

眉疏目秀，气爽神清，如三国内马超，似淮甸内关索，似西川活观音，岳殿上炳灵公。

娘娘请那人共座饮酒，交取宣赞心肝。宣

赞当时三魂荡散，只得去告卯奴道："娘子，我救你命，你可救我！"卯奴去娘娘面前，道："娘娘，他曾救了卯奴，可饶他！"娘娘道："且将那件东西与我罩了。"只见一个力士取出个铁笼来，把宣赞罩了，却似一座山压住。娘娘自和那后生去做夫妻。

卯奴去笼边道："我救你。"揭起铁笼道："哥哥闭了眼，如开眼，死于非命。"说罢，宣赞闭了眼，卯奴背了。宣赞耳畔只闻风雨之声，用手摸卯奴脖项上有毛衣。宣赞肚中道："作怪！"霎时听得卯奴叫声："落地！"开眼看时，不见了卯奴，却在钱塘门城上。天色犹未明。怎见得：

北斗斜倾，东方渐白。邻鸡三唱，唤美人傅粉施妆；宝马频嘶，催人争赴利名场。几片晓霞连碧汉，一轮红日上扶桑。

慢慢依路进涌金门，行到自家门前。娘子方才开门，道："宣赞，你送女孩儿去，如何半月才回？教妈妈终日忧念！"

妈妈听得出来，见宣赞面黄肌瘦，妈妈道："缘何许久不回？"宣赞道："儿争些不与妈妈相见！"便从头说与妈妈。大惊道："我儿，我晓得了。想此处乃是涌金门水口，莫非闭塞了水口，故有此事。我儿，你且将息，我自寻屋搬出了。"忽一日，寻得一闲房，在昭庆寺弯，选个吉日良时，搬去居住。

宣赞将息得好，迅速光阴，又是一年，将遇清明节至。怎见得：

家家禁火花含火，处处藏烟柳吐烟。

金勒马嘶芳草地，玉楼人醉杏花天。

奚宣赞道："去年今日闲耍撞见这妇人，如今又是一年。"宣赞当日拿了弩儿，出屋后柳树边，寻那飞禽。只见树上一件东西叫，看时，那件物是人见了皆嫌。怎见得：

百禽啼后人皆喜，惟有鸦鸣事若何？

见者都嫌闻者唾，只为从前口嘴多。

元来是老鸦，奚宣赞搭上箭，看得清，一箭去，正射着老鸦。老鸦落地，猛然跳几跳，去地上打一变，变成个着皂衣的婆婆，正是去年见的。婆婆道："宣赞，你脚快，却搬在这里。"宣赞叫声："有鬼！"回身便走。婆婆道："宣赞那里去?"叫一声："下来！"只见空中坠下一辆车来，有数个鬼使。婆婆道："与我捉入车中！你可闭目！如不闭目，教你死于非命。"只见香车叶似地起，霎时间，直到旧日四圣观山门楼前坠下。婆婆直引宣赞到殿前，只见殿上走下着白衣的妇人来，道："宣赞，你走得好快！"宣赞道："望娘娘恕罪！"又留住宣赞做夫妻。过了半月余，宣赞道："告娘娘，宣赞有老母在家，恐怕忧念，去了还来。"娘娘听了，柳眉倒竖，星眼圆睁道："你尤自思归！"叫："鬼使那里？与我取心肝！"可怜把宣赞缚在将军柱上。宣赞狂叫卯奴道："我也曾救你，你何不救我？"卯奴向前告娘娘道："他曾救奴，且莫下手！"娘娘道："小贱人，你又来劝我！且将鸡笼罩了，却结果他性命。"鬼使解了索，却把铁笼罩了。

宣赞叫天不应，叫地不闻，正烦恼之间，只见笼边卯奴道："哥哥，我再救你！"便揭起铁笼道："可闭目，抱了我。"宣赞再抱了卯奴，耳边听得风雨之声。霎时，卯奴叫声："下去！"把宣赞撒了下来，正跌在菱白荡内，开眼叫声："救人！"只见二人救起宣赞来。宣赞告诉一遍，二人道："又作怪！这个后生着鬼！你家在那里住？"宣赞道："我家在昭庆寺弯住。"二人直送宣赞到家。妈妈得知，出来见了二人。荡户说救宣赞一事。老妈大喜，讨酒赏赐了，二人自去。宣赞又说与老妈。老妈道："我儿且莫出门便了。"

又过了数日，一日，老妈正在帘儿下立着，只见帘子卷起，一个先生入来。怎的打扮：

> 顶分两个牧骨髻，身穿巴山短褐袍。
> 道貌堂堂，威仪凛凛。料为上界三清客，
> 多是蓬莱物外人。

老妈打一看，道："叔叔，多时不见，今日如何到此？"这先生正是奚统制弟奚真人，往龙

虎山方回，道："尊嫂如何在此？"宣赞也出来拜叔叔。先生云："吾望见城西有黑气起，有妖怪缠人，特来，正是汝家。"老妈把前项事说一遍。先生道："吾侄，此三个妖怪，缠汝甚紧。"妈妈教安排素食，请真人，斋毕，先生道："我明日在四圣观散符，你可来告我。就写张投坛状来，吾当断此怪物！"真人自去。

到明日，老妈同宣赞安排香纸，写了投坛状，关了门，吩咐邻舍看家，径到四圣观见真人。真人收状子看了，道："待晚，吾当治之。"先与宣赞吃了符水，吐了妖涎。天色将晚，点起灯烛，烧起香来，念念有词，画道符灯上烧了。只见起一阵风。怎见得：

风荡荡，翠飘红。忽南北，忽西东。春开杨柳，秋卸梧桐。凉入朱门户，寒穿陌巷中。

　　嫦娥急把蟾宫闭，列子登仙叫救人。

风过处，一员神将，怎生打扮：

　　面色深如重枣，眼中光射流星。皂罗袍打嵌团花，红抹额销金蚩虎。手持七宝银装剑，腰系蓝天碧玉带。

神将唱喏："告我师父，有何法旨？"真人道："与吾湖中捉那三个怪物来！"神将唱喏。去不多时，则见婆子、卯奴、白衣妇人，都捉拿到真人面前。

真人道："汝为怪物，焉敢缠害命官之子？"三个道："他不合冲塞了我水门。告我师，可饶恕，不曾损他性命。"真人道："与吾现形！"卯奴道："告哥哥，我不曾奈何哥哥，可莫现形！"真人叫天将打。不打，万事皆休，那里打了几下，只见卯奴变成了乌鸡，婆子是个獭，白衣娘子是条白蛇。奚真人道："取铁罐来，捉此三个怪物，盛在里面。封了，把符压住，安在湖中心。"

奚真人化缘，造成三个石塔，镇住三怪于湖内。古迹遗踪尚在。宣赞随了叔叔，与母亲在俗出家，百年而终。

只因湖内生三怪，至使真人到此间。

今日捉来藏箧内，万年千载得平安。

选自 ［明］ 洪楩 清平山堂话本